KB209076

물의 극장에서

이선이

시인의 말

초대받은 바 없지만 나 여기 왔듯이

이 시편들 또한 그러할 뿐.

2024년 가을 초입

이선이

물의 극장에서

차례

2부 물방울 기도

3부 등을 줍는 사람이 있다

4부 다르고도 같은 어둠을 베고

해설

1부

다목적 박력분 슬픔

저녁의 감촉

노인이 공원에 앉아 호주머니를 뒤적거립니다
어두워지자
손을 더 깊이 넣어 무언가를 찾습니다
꺼내는가 싶더니 다시 넣어
만지작만지작합니다

바람이 숲을 뒤적거리자 새가 날아갑니다
떨어진 깃털들 땅거미에 곱게 싸서
바람은 숲의 호주머니에 다시 넣어 줍니다
깃털과 숲을 버무려 노인은 새를 만듭니다

호주머니가 해지고
저녁은 부드럽게 날아갑니다

생활의 발견

반쯤 먹다 남겨 둔 곰표 밀가루
봉지 열고 들어가
반죽을 개는 이 있으신지?

장마 내내
하품 옮기는 빗소리 쟁이며
곰은 무얼 빚으시는지?

보관기간 지나고도 찾아가는 이 없는 분실물처럼
싱크대 옆 서랍에 처박혀
마늘도 쑥도 없이
어떻게 허기를 견디시는지?

생활의 여분은 기억 저편에 모셔 두고
짐짓 모른 체하느라
가정용 다목적 박력분 슬픔을 버무려
곰돌이 푸를 만들고 계시는지?

밀가루 뒤집어쓰고 북극으로 달려가
무너져 가는 세계 구원할
거대한 빙산을 만들고 계시는지?

계절이 바뀌도록 방구석 지키고 있는
늙은 공시생公試生처럼
세상의 구조를 기다리고 계시는지?

기다리다 지쳐 쭈그리고 앉아서는
저 빗속을 향해
발바닥만 한 수제비나 뚝뚝 떼어 넣고 계시는지?

발코니

금요일을 타고 거미줄이 내려옵니다
당신은 거미줄로 테이블보를 짜서 낡은 탁자를 덮습니다
둔중한 철제 의자를 당겨 앉으며
시간은 혀끝에 감춘 떫은맛을 찻물에 녹이네요
다소곳이 앉아 찻잔을 들어 올리는 손등 너머로
저녁 일곱 시의 가을이 오고
느린 걸음으로 골목을 돌아 나가는 아홉 시가 보입니다
등이 휜 골목을 안쓰러워하듯
감나무는 야윈 가슴에서 설익은 감을 꺼내 천천히 씹고요
목덜미 간질이는 바람을 걷어내느라 당신은
손사래를 쳐댑니다만
어둠은 출렁이고 은빛 거미줄은 자꾸 쏟아집니다

발코니는 밤이 선사한 오래된 소파
하지만 시간이 위태롭게 걸터앉은 아뜩한 난간이어서

거미줄을 엮어 어머니는 허공에 사다리를 얹습니다
주름 많은 테이블보로 얼굴을 감싼 채
바람이 몸을 솟구쳐 사다리에 오르네요
뒤이어 모서리 팬 탁자도 발코니를 떠납니다
표정을 감추던 철제 의자가 미련 없이 지상을 탈출하고요
씹던 감을 밤의 이마에 던져 버리고
감나무도 허공에 발을 올리네요

사다리를 부여잡느라 가을은 손목이 야위고
보름달이 거미줄로 얼굴을 감쌉니다

밤은 서서히 가라앉고
난간에 매달린 거미가 은하수를 건넙니다

여름의 입맛

때 전 난닝구에 쪼그라든 뱃가죽 감춘 채
밥보를 들추며, 노인은
나귀 뒷걸음질로 주저앉는 노을의 궁둥이를 파리채
로 후려친다

적막이 붉고 어둡게 달아오른다

냉수에 찬밥 한술 말아 삼키는 밥상머리
밥 알갱이 둥둥 떠다니는 사기그릇에 얼굴 드리우고
세월이 생각을 오물거린다

허기가 푹푹 찐다

먹다 남은 밥풀에 파리떼처럼 달라붙던 식욕들
세월의 문짝 들락거리며
얼거니 녹거니

성에 낀 어스름이 쌉쓸하다

물소뿔을 불다

물소와 함께 평생을 살다 간다는
히말라야 고산족은
제 부리던 물소의 죽음을 지켜보며
꽃 대신 눈물 대신에
물소뿔을 꺾어 불어 준다 한다

사는 동안
가슴 들이치던 자줏빛 멍들

다음 생生까지는 가져가지 말자고

인디언 서머

오동나무가 시계탑을 뚫어져라 바라보고 있습니다
초침과 분침이 떨어져 나가고
오동의 뒷목이 풀립니다
시침이 떠메고 가던 정적들 하나둘씩 오동나무 눈동자로 옮겨 앉습니다

노인을 무릎에 앉히고
벤치는 한껏 어깨를 뒤로 젖힙니다
그늘이 묵직합니다
적막이 뜨거운 돌을 안고 동공으로 흘러듭니다
빛이 녹아내립니다, 숨이
가랑가랑합니다

보셔요
보셔요

바람이 안경을 벗겨 충혈된 눈을 흰 손수건으로 훔칩니다

오동나무 그림자에 흰빛이 번집니다
누군가 돌 속에서 순백의 실을 뽑아내는가 봅니다
기다렸다는 듯 노인은 침묵의 트렁크를 열고
빛의 기억들을 한 올 한 올 짜 나갑니다, 숨이
노글노글합니다

세상에서 제일 큰 스웨터를 걸치고
먼 곳을 걸어 여기에 도착한 아이가 오동나무로 걸어
들어갑니다

산책의 내면사 內面史

감이 무르고
감잎이 갔다

상수리가 주저앉고
상수리나무 뾰족한 잎사귀들 갔다

가는 것들의 우애가
이렇게라도 바스락대는
구름 밑

석류가 가고
모과가 가고

발끝에 오르는
붉은빛

이렇게라도 남겨 놓은
저무는 것들의 마음 씀씀이

느릿느릿
휘파람 야위고

입이 무거워진 졸참나무 가지 끝
어진 마음들 배웅하느라

하늘도 귓불이 빨개졌다

소소한 운세

매화가 내 얼굴을 들여다보고 있었다
꽃을 만지자 나비가 피어올랐다
나비를 잡은 이웃집 남자가 매화나무에서 내려와
아이를 낳았다 아이의 몸에 꽃이 열렸다

몽점夢占 치는 사이

봄의 길흉을 가늠하느라 찻물 속이 아득했다
기간제 교사로 전전하는 후배를 만나 커피만 마시고 돌아서는데
엄지손톱만 한 나비 문양 목걸이가 목덜미를 부여잡았다
한때 역학을 공부하던 그녀는 어설픈 내 사랑을 점쳐 주곤 했었다
주저앉는 걸음 너머로 나풀나풀 날아오르고 있었다
누구도 나비의 일생을 염려하지 않았다

다투던 새가 떨어뜨린 매화나무 가지를 보고 시간에

예감을 새겨 넣은 옛사람이 있었다
  매화역수梅花易數라 했다
  떨어진 나뭇가지 허공에 올려놓으며, 나는
  다툼이 있던 자리에 나비를 옮겨 심고 싶었다
  흰 매화 꽃술에서 나비를 불러내어
  꽃점을 쳐 주고 싶었다

  매화 질 무렵
  불임의 이웃집 여자가 애완견을 낳아 기르기 시작했다
  매화나무에서 새가 사납게 우짖고 있었다

언어와의 작별*

미얀마에 사는 은둔자에게 마음을 전하겠다고
일 년 남짓 미얀마어를 배워서 편지를 쓴 적이 있었지

주소를 몰라 부치지 못한 고백
십 년 넘게 주머니에 넣고 다녔지

열어 볼 때마다 배운 말들은 하나씩 지워져 가고
이제는 이름조차 기억하지 못하는 은둔의 저편

세상에서 단 두 사람만 사용한다는 희귀 언어를 배우겠다고
적금 털어 멕시코 남쪽 마을을 찾아간 친구가 있었지

심하게 다툰 두 사람은 서로 말을 하지 않고 지낸 지 오래여서
그곳에 한 달을 머물렀지만
한마디도 건네지 못하고 돌아서야 했다지

구겨진 비행기표 꺼내 볼 때마다
말들의 정적 속으로 날아가곤 한다는

간절함을 담았으나 전하지 못한 편지처럼
존재하지만 배울 수 없는 희귀 언어처럼

당신은, 혹은
나는

* 장 뤽 고다르의 영화 〈Adieu au langage〉에서 빌렸음.

전입신고서

마당가
엊그제 입주한 감나무
허공만 바라고 서서
가난한 집 아기 젖 빠는 소리를 내며 꽃망울 밀어 올린다

달빛은 전입계 직원처럼 무심히 도장 찍고 가고

아이 알림장처럼 매일 열어 보는 창문 위로
가지들 뻗어 줄까, 내 창은
저 꽃잎들 무슨 사연으로 받아 들까
궁금해하면

잎잎이 내려서서는
전입신고서 쓰고 가는
별빛들

참사慘事에 아이 잃고 이민 간 친구에게 죽은 아이가

여기 감꽃으로 피었다고
꽃 피니 이별도 견딜 만하다고 차마 쓰지 못하고

일찍 떨어진 열매가 남기고 간
햇빛이며 달빛 받아
시퍼런 멍들 온몸으로 열매 되어 가리라고
썼다 지우는

애기 감꽃 속
흰 무덤 하나

몽돌해변

울음에도 연륜이 있는 걸까

소한이 물왕저수지 얼음살 찢어내듯
폭설이 오대산 금강송 삭정이 쳐내듯

천지에
울음들 쨍쨍하다

입 속 가득
바글거리는 비명을 물고

얼마나 많은 절애絶崖에 몸이 베였는지
돌을 토해내는 바다

자글자글
혀끝에 우레를 쟁이며

무너진 자리가 일어서는 자리라고

다부지게 우는

주먹들

돌에 물을 새기다
—박수근미술관에서

내가 사는 별의 저편에는 물로 집을 짓는 여인들이 있고, 이름 모를 어느 계곡에는 물을 연주하다 잠드는 느릅나무가 있고

내 이웃에는 하늘에 연못을 파고 물을 져 나르다 연애를 놓쳐 버린 정원사가 있고, 물의 혈맥을 찾아 어두운 땅속 헤매다 시력을 잃어버린 수맥탐지가도 있지만

늦가을 강원도 양구 언저리에서 돌에 물을 새긴 이를 만날 줄이야

두레박 같은 손을 뻗어 그가 돌 속에 여울물 쟁일 때면, 근처 오래된 사찰에는 강에 달을 새기다 입적한 선승의 부도浮屠에서 물소리 세찼다는데

평생 다른 사람의 자서전만 대필하다 죽은 글쟁이는 남을 문장에 새기느라 자기를 잊었고, 일생 제 나이만큼의 아기를 낳은 여자는 아기를 낳느라 제 어머니를 기억

하지 못했다지만

죽은 짐승의 피눈물 가슴에 새기느라 모진 칼날 견디는 정육점의 도마처럼, 가난하고 어질어 물같이 살다 간 이들 추모하느라 평생 돌가슴에 사포질을 해댄, 그는

미석美石이라는 호號를 가졌다 했다

2부

물방울 기도

네일아트

아름다움은
멈출 줄 모르고 돋아나는 살의를 감추는 일이라고

죽을 때까지 자라는 줄 알았는데
죽어서도 자란다고

칼집에 새긴 연꽃처럼
도마에 심은 나비처럼

불멸은
주검에도 화장을 얹는 슬픔이라고

에피쿠로스의 정원

플라타너스 그늘 아래

농담을 즐길 줄 아는 오후를 펼치고
깍두기 한 접시에 소주 서너 병
천천히 말을 거두어 가는 햇살

너무 깊지 않은 그늘 공평하게 떠안은
은박 돗자리 빛나고

구름이야 있어도 없어도 좋은
봄날

서로의 빈 잔 채우는
침묵을 나누는 일

페이스북에도 카카오톡에도 옮길 수 없는
빈둥거림으로

결코 포기하지 말아야 할
건배를 위해

사소하고 시시한 소주잔 몇 개를
심어야 하리

고드름

덧니처럼 살았다

시간이 흐른 뒤에는
잇몸으로 버텼다

무른 복숭아처럼
녹아내리지 않으려고

신축 공사장 외벽에 매달려
햇빛에 서리를 꽂았다

추락하지 않고는
발 디딜 수 없는 지상이 있어

밤이면
수염이 허옇게 일어섰다

매단 이는 보이지 않고

한사코 매달리는 결기만 반짝이는 세상

수염에 돋는 한기로
한 땀 한 땀 숨을 꿰맨 채

곤두박질한 자리
다시
아린 꿈이 얼었다

은밀하게 고드름을 재배하는 이들이 있다

아이스아메리카노

유리잔에 담긴 얼음의 마음을 생각하는 동안

지난밤 창문에 돋아나던 빗방울처럼
간신히 맺혔다 주저앉는 것들이 온다

침공 119일째
우크라이나 유학생이 기도하는 자세로 얼음의 표정을 엿보고 있다

날카로운 빙질은 혀를 베어 가고
검은빛은 신음조차 가두어 버리는데

세상의 고통은
혼자 오고 몰래 오고 쉼 없이 와서

마침내 여름은
녹는점과 끓는점이 같아지는 계절

얼음의 문자로 온몸에 물방울 기도를 새기는
신열과 오한 사이

자세히 보면
죽음의 국경 뚫고 나온 피란민의 눈동자 닮은

차가운 증언이 불타고 있다

머그잔에도 얼굴이 있다

마시던 커피를 반쯤 남겨 두고
밋밋한 테이블

아무 일도 일어나지 않고
아무도 일하지 않는 시간이 세계를 업어 간다

비워진 유리창을 배경으로
흐트러지는 마음 끌어매는 우직함이 손을 다잡는다

넓은 오후의 이마에 햇빛 번지고
단정하려는 머그잔에 얼굴이 어른거린다

들여다보니, 없는 세계를 구하려고
겨자씨만 한 벌레 한 마리
필사적이다
침묵하는 몸이 내지르는 비명*

아무도 구원해 주지 않는 세계를 기억하라고

세이렌의 혀가
구월의 이마에 비명을 새겨 놓는다

커피는 뜨거워지고
얼굴은 차가워지고

머그잔 속은 더없이 평화로워
커피는 곤혹이 깊다

근처 이슬람 사원 쪽으로
유리창은 테이블을 돌려놓는다

* 알란 쿠르디의 주검을 카메라에 담은 사진 기자 닐뉴페르 데미르의 말에서 빌려 옴.

이월二月

목덜미에 흐린 해 얹어 두고
저물녘 내내 무른 손톱 뜯는 날들이다

이맘때
시간은 슬픔을 먹고 자라는지
어딘가로 가려고 집을 나섰으나 어스름 문지방에 다시 발을 들여놓는 궁색함도
헛헛한 세월에 대들보 하나 얹으려 했으나 지붕이 먼저 무너지는 막막함도
모두 다 손톱에 새겨진 슬픔의 결들이어서
무른 생각만 새록새록 자라고

왼손에 몰두하며 오른손의 운명을 어림잡는 사이
딱히 빌린 것도 없는데
서둘러 무언가를 갚아야 할 것 같은 저녁이
지난여름 손톱에 들인 봉숭아 꽃물처럼 눈썹에 어리는데

등을 켜지 않아도 환하게 어둠이 와서
가늘게 엉킨 손금 풀어 시간의 틈새들 한 땀 두 땀 엮어 본다

아무래도 이월은
손톱을 먹고 자라는 달인가 보다

세이렌

폐업이라고 쓴 붉은 글씨 사이로
날개가 파닥거린다

오후 네 시가 사랑했던 통유리 너머
울부짖는 새가 보인다

식어 가는 온기의 실내
심심한 사물들의 재즈

들리지 않는 풍경이
빈 테이블을 닦고 섰다

차갑거나 뜨거운 커피처럼
유리창은 다른 두 세계를 머금고 있다

안과 밖을 구분할 수 없는 유리의 심정을
어떻게든 유혹하려 하지만

저 새는
밀랍으로 봉인된 유리의 가슴을 열지 못한다

언제부턴가
이 도시에는 유리로 지은 건물만 세워지고 있다

아무도 난파당하지 않을 것이다
누구도 귀향하지 못할 것이다

순간들

번호표를 뽑아 들고 세상의 호명을 기다려 본 자는
알리라
낯선 운명의 틈바구니에 끼여 멋쩍은 얼굴로 서면
문득 전신마취에서 깨어나는 얼얼함이 있어
창밖에는 봄바람 가을비 몰아치고, 거기
누군가를 애타게 부르는 물컹한 비린내 번져난다는
것을
언제나 나만 비껴가는
단 한 번의 낮고 단호한 호명을 기다리는 동안
내 손에 잡힌 무엇보다 확실한 기다림을 잊기도 한다
는 것을

세월은 망각의 텃밭을 일구며 아이의 엉덩이에 살을
올리고
물오른 젖가슴을 말린 건포도처럼 쪼그라들게 하지만
길은 부어오른 발등 격류에 던져 놓고
내가 도망쳐 나온 길목이 어디쯤인지
지금 기다리고 있는 것이

끝끝내 기다려야 할 그 무엇인지 말해 주지 않았으니

어쩌면 면박당하듯 서 있는 이 시간이
어떤 기억으로도 환생하지 못한 무수한 내 전생이거나
오지 않을 단 한 번의 호명을 기다릴 줄 아는
숨죽인 마음의 백만 년이거나
내 가슴에서 빈 기다림의 번호표를 뽑아 갔던 사람의
기억이 되지 못한 희망이거나 절망은 아닐는지

이렇게 번호표를 들고 서서 내가 진정으로 바라는 것은
더는 세상에 구걸하지 않는 묵묵한 얼굴로
한 벌의 생을 완성하는 일
부드럽고 따스한 기다림의 안감을 덧대고는
붉은 혀끝에 그대의 이름을 뜨겁게 새기는 일은 아닐
는지

악수의 뒷맛

우리가 서로 손을 잡았을 때
손은
입술이거나 어쩌면 실언失言 같은 것

키스와 헛말 사이

둘이 하나 되고
하나가 다시 여럿으로 흘러가는

강의 연애 같은 것

손으로 망치를 만들어 시간을 부수고
손으로 반지를 만들어 맹세를 가두고
손으로 수건을 만들어 연민을 닦아 보지만

서로의 기도를 기를 수는 없기에
손금을 파서 연애를 묻어 버리고

우리가 다시 손을 잡을 때
손은
드릴이거나 어쩌면 솜사탕 같은 것

커다란 구멍 혹은 흔적 없이 사라지는 달콤함으로
강물과는 다른 표정을 하고 흘러가는 것

다국적 한국현대문학 수업

매혹은 어디에서 오는가
어떻게 오는가

딜라는 우즈베키스탄의 모래바람
샤니는 스리랑카의 해변
미우끼는 일본의 숲
그러니
배경은 다 너희들의 것

소설은 자음과 모음 들의 그랜드호텔이라고?
그럼
시는 민박이라 해 둘까?

잠시 들어와 쉬었다 가렴
체크인하는 출석부

사건은 언제나 미궁을 헤매고
주인공은 부재중이지만

이 세상에는
몰라야 이해할 수 있는 것들이 있어
분명한 것들은 잘 보이지 않아

우리는 모르는 것을 나누어 갖는 사이
사랑은 서툰 외국어로 쓰는 일기잖니?

모래바람과 해변과 숲
사이로
자음을 껴안는 모음의 온기

매혹은
거기 어디 즈음

기억하렴
읽기 방향은 왼쪽에서 오른쪽이야

겨울 저물녘

여울아
노을의 목덜미에 손을 얹어 주자

물오리 두 마리
뜨겁게 입을 맞추잖니?

딱딱한 부리가 부드러운 입술이 될 때까지
살얼음 속에서 불을 캐내고 있으니

키스는 사라지는 것들이 띄워 둔
검은 부표

열렬한 것이 없었다면
결코 밤은 당도하지 못하리

차가운 유리창이 불의 손길을 느낄 때
농익은 열매가 씨앗의 노래를 꺼낼 때

죽음이 우리에게서 앗아 가는 건
저 입술뿐

노을아
여울의 어깨가 으스러지게 안아 주자

저무는 하늘이
대지의 아궁이에 불씨를 옮겨 담도록

붉은 입술로
타오르는 별을 구워내자

일생一生

구멍 난 보트를 떠메고
에베레스트 산을 오르는 거야

시간은 깊이를 알 수 없는 크레바스
발을 들여놓으면
얼굴을 앗아가 버리지만

푸른 폭풍에 길을 잃고
눈벼랑에 매달려도

허공에 자일을 묶고
아무도 본 적 없다는 하늘호수로 가는 거야

폭설은 애드벌룬
바람에서 돛을 꺼내 주리니

휘몰아치는 눈송이 꽁꽁 뭉쳐
보트에 난 구멍을 메우고

응답 없는 기도를 읊조리며
벼랑으로 길을 엮는 거야

발을 옮길 때마다
조금씩 무너져 내리는 산

빙하를 깨고 살아 돌아온
셰르파를 기억하며

심장을 꺼내 빙하를 녹이며
보트에 몸을 싣는 거야

나의 부장품

칭다오 맥주공장 굴뚝에서 뿜어져 나오는 연기
선잠 자다 깨어나 한참을 쳐다보던 다섯 살 눈동자가
말했다

엄마, 구름공장에 왔나 봐요?

머릿속까지 시원해지는 맥주가 한 잔
구름을 구워낸 안주 한 접시

아현성당 앞마당 비둘기에게 제가 먹던 빵을 나누어
먹이던
다섯 살 손목 낚아채자 울먹이는 목젖이 말했다

엄마, 아직 빵을 못 먹은 비둘기가 있어요

가슴 아려 오는 기도서가 한 권
빵처럼 부풀어 오르는 연민의 묵주알들

내가 저승에 가져가고 싶은 유일한 부장품
저 다섯 살 눈동자

우주의 형편

자다 깨다 하는 것
잠자리가 편치 않은 것
모두 우주가 울퉁불퉁하기 때문이다

새벽까지 뒤척이다 어두운 창문 내다보면
누군가 서성이는 자취에 놀라 새는 날아오르고 빛은 떨어지는데
나를 깨워서 가는 이의 뒷모습
보이지는 않고 뒤척이게만 하는

시공이 비틀린 곡면이기 때문이라고
마음이 휘어 있기 때문이라고
지구가 도는 이유를 당신은 얼핏 말하기도 했는데

뒤치락엎치락
내 베갯잇을 다독이는 이가 있어
내가 보인다

세상이 오락가락하는 이유도
골목이 꺾이고 휘도는 이유도
내가 아직 세상에 굴러다니는 그 이유까지도
지구가 돌고 도는 이치에 가깝다

서로의 마음을 후박나무 밑동에 묶자며
고백을 파묻어도 보았지만
뿌리째 흔들렸던 것, 서로를
당기고 밀쳐낸 시절이란 마음을 우주에 의탁한 사연일 뿐
설움이라 말하지 말자

후박나무가 자꾸 휘돌고
아이들이 바이킹을 타고 롤러코스터에 올라
하늘로 환호성을 날려대는 이유도

내가 먼 길을 돌아와서는
밤이면 마음의 귀퉁이에 의자를 놓고 멀미하듯 이마

를 짚는 것도

사막이 밤새 뒤척이며 모래 물결을 가슴에 그리는 것도
바다가 심해를 견디지 못하고 울먹이는 것도
내 손에 올려놓은 후박나무 잎사귀의 맥들처럼
마음이 보채고 출렁이는 것
그 탓이려니

습곡지대에 가서 비틀린 땅의 내면을 들여다보며 알았다
안으로 휘말려 골짜기 그윽하고
골이 있어 아스라이 솟은 봉우리를 견딘다고

당신에게 보내는 마음이 써지다 말고 지워졌던 것도
우주의 형편이 그러했던 것

형편대로 사는 법을 배우느라
밤은 늘 뒤척이며 우주를 불러들였던 것

3부

등을 굽는 사람이 있다

안부

오래도록 소식 없는 사람은
소식 올 날을 가만히 헤아리고 있는 사람

숨을 내쉬고 들이쉬는 매 순간
짐작으로 천지를 건너는 사람

138억 년 전 지구로 이주한
먼지의 기별로 올 사람

밤이면 별빛에 애를 태우며
별을 빚는 사람

오래도록 소식 없는 사람은
오래도록 소식 없을 사람

우주를 건너는 사람
우주를 만드는 사람

의자

무릎을 접어 그늘을 앉히고
뒤를 살피는 이 있다

가슴께로 눈을 낮추고
심장에 귀를 감춘 채

눈으로 듣고
귀로 다독이는 이 있다

등 돌려 떠나간 자들
등 내밀며 돌아올 때까지

등을 줍는 사람이 있다

주저앉은 삶에 골몰하느라
오래 앉았다 일어서면

절 받는 마음이

절하는 마음에게 다녀오느라

접었다 펴지는
그늘이 있다

여기의 슬픔

주머니에 구멍이 난 줄도 모르고 구슬을 모았습니다
모으느라 분주한 마음에 감추기만 했지 열어 보지 못했습니다

내 속에 내가 많다는 말은 거짓인 줄 모르기에 사실적인 거짓입니다
나는 내 앞에 있거나 내 곁에 있거나
멀찍이 뒷짐 지고 서서 발밑을 살피고 있을 뿐
영구 외출 중인 나를 기다리는 건
어디서 잃어버린 줄도 모르는 색색의 마음입니다

내일을 살아내느라 나는 여기에 없고
누군가의 처진 어깨를 다독이느라 나는 여기에 없고
잃어버린 감정을 줍느라 나는 여기에 없고

나의 앞과 옆과 뒤에서 나는
여기의 실종자
오늘의 부재자

없는 세상을 잃어버린 구슬처럼 굴러다닙니다

정원 가득 꽃을 심은 정원사는 잡초를 뽑느라 꽃을 놓치듯
내 안의 오늘이 잡초처럼 뽑혀 나가는
여기는 저무는 봄날입니다

손톱이 자라는 속도로 피었다 지는
내 정원의 꽃들에게도 구멍 난 오늘이 있을까요

여기로부터
여기로
구슬을 굴려 봅니다

꽃의 형편은 궁금해하지 않겠습니다
다른 세계에서 나는 꽃으로 태어나지 않겠습니다

감자의 맛

누군가 소리를 쟁여 두었다 한들 듣지 못한다면 무슨 소용이란 말인가

아이들이 낙엽을 밟으며 놀고 있다
공원은 누구의 것도 아니기에
팽팽하게 포장해도 절반은 으스러지는 비애를 꺼내 먹기 좋은 곳

바사삭바사삭

출출한 시간의 허기 달래라고
가을이 우리를 공원으로 불러들이면
아이들은 마른 낙엽 찾아다니며 잎맥을 끊어 놓고
우리는 입술 앙다문 봉지를 열어
싹을 지키려 독을 품는 감자의 시간을 만지는데

심야배송 나갔다 쓰러진 채
지상의 마지막 송장送狀에 제 이름을 적었다는 그 손

을 생각한다
꽃을 사랑하는 어머니에게 제 주검을 배송한 그는
세상에서 가장 작은 정원을 만들고 싶었던 사람

바삭바삭

낙엽은 쟁여 둔 소리를 깨우느라 바스러지고
사방으로 퍼지는 소리의 비수들 공원의 심장을 찌르는데

감자칩 속에는
반송되지 않는 작은 정원이 산다

캠페인

얼음땡놀이를 하고 있습니다
이렇게 놀이에 집중해 본 적이 없습니다

폐업 식당 모서리에 접힌 의자처럼 웅크립니다
출입통제라고 쓴 붉은 테이프로 숨을 봉인하고요
우리는 불로 얼음을 빚는 마법의 손에 세계를 팔아 치운 걸까요

술래에게 잡힐까 두려워 일제히 '얼음' 하고 외쳤지만
술래는 어디에서 오는지 아무도 모르고
누가 술래인지도 모르고

누군가 깨워 주지 않으면 혼자서는 깰 수 없는 꿈에게
우리의 밤을 헐값에 넘겨 버린 걸까요

하지만 이 놀이는 모두가 얼음 속에 몸을 숨기면 끝나는 이야기
결국 내가 술래였음을 고백하게 되는 싱거운 연극이

지요

얼음폭포처럼 고드름처럼
꽁꽁 얼어 주세요

놀이는
살려내고 싶어서 조바심치는 이들이 만든 엔터테인먼트
평원을 전쟁터로 바꾸면서 생겨난 레크리에이션이니까요

부스러기를 위한 노래

아마도 이것은 쉽사리 부러지고 끊어지는 국수의 세계에서 왔으리
어쩌면 그늘을 먹고 자란다는 버섯들의 홀씨일 수도 있으리

식탁 바닥을 걸레로 훔치다
살 부러진 우산처럼 헐거워진 상상을 접거니 펴거니 저녁이 오고
우산살 다 주저앉고서야 겨우 당도하는 한 생각

이 야윈 비명들은 어디로부터 온 것일까

지중해 난민선을 심해로 이끈 건 세이렌이 아니라고
올봄 하청 노동자를 실족시킨 건 운동화 속 돌멩이가 아니라고

살비듬 같은 부스러기 훔쳐내며
살점 떼어 가는 소리 듣지 못한다면

내 몸에서 유독 귀만이 문 닫을 줄 모르는 24시간 편의점
밤낮없이 기도가 자라야 할 그곳이려니

국수처럼 순하고
버섯처럼 무른
무심을 버무려 도대체 무엇에 쓸까

이것은 들리지 않는 비명을 모으는 소리 채집가거나
내 나쁜 청력을 염려하는 난청 감별사일지도 모를 일

내 귀가 아직 열려 있다면
순순히 사라지는 것은 없다고 가볍게 말하지 말아야 하리

국수와 버섯이
세상에서 가장 작은 목소리를 훔쳐 가려 찾아온 것은 아니리니

손 없는 날

말린 옷가지들 솔기 맞춰 접어서 구름서랍장에 정리하기
베란다에 앉아 로즈마리 잎잎이 초록 향기 털어내기
생각의 외투를 벗고 가만히 허밍하기
손바닥에 햇살 들이기
빈손으로 아이스크림처럼 녹아내리기

흘러가기

맨발로 산책하기
강아지랑 풀밭에서 햇살 밟기
입술로 모음 만들기
모음만으로 쓴 기도문 완성하기

한 마음도 다치지 않게
한 눈물도 상하지 않게
단출한 밤을 흠모하기

살았다고 해야 할까
살지 않았다고 해야 할까

오래오래
그렇게

떠날 때는
목에 감고 다니던 노을은 풀어 두고 가야지

보금자리주택지구

숟가락이 축나고
아파트는 생각을 줄였습니다

허리끈이 해지고
말도 평수坪數를 줄였습니다

의자를 권하는 오후께로
쥐눈이콩만 한 별이 와서 졸다 갑니다

좁고 시린 미간眉間
너머

주름을 펼쳐
벽오동 한 그루 심었습니다

구름을 헐어
오동꽃 몇 송이 빈 가지에 앉혔습니다

쪽창에 걸린
낮고 느린 심장 박동 수

길고양이 급식소 나무 현판이
희미해질 무렵

허공을 내려
흰 등을 겁니다

친구의 운세

돌에 연꽃을 심는 격!

이런 운세는
십 년 대운이 찾아오리라는 예언보다 훨씬 복되구나

돌에 꽃을 심는 이는
연못에 꽃을 심는 이보다
얼마나 절실한 기도를 가졌는가

네가 만약 돌이라면
가슴에 대못을 박으려는 이보다
연꽃을 심으려는 이 있어 세상은 따스하리

네가 연꽃이라면
넉넉한 못물에서 핀 여린 연잎이기보다는
돌의 눈물에서 피어난 꽃빛이라 찬란하리

그러니

내일의 운세는
돌에 심은 연꽃에서 씨앗을 얻을 운!

이 기세로
세상의 정원에 가을은 스미리

논에 물드는 풍경 너머의 풍경

살 오르는 한탄강 지나
민통선 근처

왁새 부리에 물려 온몸 뒤트는 미꾸라지 한 마리
놓치지 않으려 바들바들 떨고 있는
왁새의 목젖

입이 마른다

텁텁한 봄노을 저만치 밀쳐 버리고
논에 물드는 그윽한 풍경 지워 버리는

죽고 사는 일 한 컷 안에서
죽살이친다
죽살이떤다

미꾸라지도 빠져나가지 못하는
저 부리 즈음일까

버둥대는 몸 악문 채 떨고 있는
저 허기 근처일까

저기일까
저기일까

이승의 통제구역 넘지 못하고
낡은 자동차
한참을 헛바퀴만 돌리는 곳

구독자

언제부턴가
세상 끝에서 벼랑잠 자는 청년을 지키느라 밤을 놓친다

자꾸 어딘가로 떠나는 영상의 세계에서
텐트도 없이
침낭 하나 들고
설산으로 무인도로
길을 잘라낸 자리에 허공을 베고 눕는다

비바크biwak, 처음 들었을 때 비박非泊이려니 하며
잠들지 못하는 눈동자 만지작거렸는데

어둠을 담을 수 있는 카메라란 없어서
밤의 주름까지를 엿보지는 못하고

괜찮으냐고 묻고 싶어서
커다란 배낭에 밤을 구겨 넣고 돌아오는 청년을 기다

린다

포화에 무너진 지붕을 얹을 수는 없지만
재난에 날아가 버린 비명을 찾을 수는 없지만

그는 풍찬노숙을 사는 사람
세상 어디든 누울 땅 한 평은 있다고 태연하려는 사람
내 안녕을 구독하는 사람

이제 영구평화론 따위는 접어 두고
한사람의 안녕을 기원하는 마음이 평화를 지키는 일
이라고

별빛도
한사코 벼랑 끝에 몸을 누이는

귀뚜라미

목이 쉬었다
숨도 가쁘다

아파트 구 층
난간 위

겨우 오른
여름달

밀치는
가을바람 속

썼다
지웠다

글썽임체로
유서 쓰는 사내

평화

마주 보고 밥을 먹는다
가지런히 수저를 내려놓는다

너무 고요하지 않게
너무 자상하지 않게

등 돌리고 자다 깨기도 하는 밤

꿈에 폭설이 내리면
외투를 가져다 눈을 덮어 주는

구름의 누설

병 깊어 지리산 자락으로 거처 옮긴 인연
택배로 보내온 산뽕잎차 봉지를 열자

쏟아지는 구름

산그늘 둘둘 말아 기둥 세우고
산뽕잎 구워 기와로 얹었을까

구름체로 명패도 새겼는지
아득한 주소 너머 필적이 감감하다

오디처럼 검붉어도
오디처럼 상할 마음이라서

살 오른 누에 뽕잎 씹는 소리로
번지는 찻잎

이가 없어 잇몸으로 적막을 씹는

찻물의 시린 속내

아픈 사람이 아플 사람에게 보내는 안부가
가만히 젖는다

소금기 머금은 구름의 표정을 듣는다

4부

다르고도 같은 어둠을 베고

첫눈

비인 엘리베이터 오르내린다

슬그머니 열리고 가만히 닫힌다

옥상에서 난간까지

착한 사마리아인들의 입주가 시작되었다

밤의 가족어 사전

3음절로 된 단어를 고르는 중이다

아버지 어머니 그래서 카르마*
셋이 되었을 때 느끼는 어설픈 안정감
편안한 순간 끼어드는 초조함은 각자의 것

숟가락은 어원을 알 수 없는 일인칭 고유명사
둘러앉아도 허기는 혼자 삼킨다

인생은 시가 아니다, 이것은
이번 생을 격렬하게 살다 간 아버지의 입버릇
곁을 지킨 어머니의 속내인지 모를 일이지만
기댈 곳도 아랫목도 없었기 때문이랬다

강바닥 돌처럼 검고 젖은 단어들 하나씩 줍다 보면
말의 어두운 난간에 매달린 벼랑이 느껴져
시도 인생도
아버지보다는 한 끗이 빠진다

담장 밑 자운영도 채송화도
봄을 다 치르고서야 건네받는 물 많은 복숭아도
단정할 수 없는 빛깔과 향기로 3음절을 고수하고 있지만

아버지 어머니 그러나 다르마**
셋이 모여도 일인용 베개 위에서
다르고도 같은 어둠을 베고 눕는다

이 사전에는 감정어가 지워져 있다

* karma. 업이라는 뜻의 산스크리트어.

** dharma. 최고의 진리라는 뜻의 산스크리트어.

자매들

단 한 번도 너희라고 불리지 않은 채 언제나 우리로 버무려지는

씨앗을 들여다보는 오후이거나 잎들을 포개 보는 자정이지만

은밀할 것 없는 연보年譜를 훑어보듯이 서로를 허밍하는

부처님 오신 날 절집 마당에 단 등불로 서로의 이름을 빛내지만

등 값은 공평하게 나누어 내는

엄마 제사상엔 각자의 슬픔을 영광굴비처럼 절여 올리고

출생의 간격을 제기祭器처럼 알맞게 유지하는

가파른 취기에 혀를 데워 제 몫의 음복을 노래하면서

일 년에 한두 번 얼싸안고 그립다 서럽다 눈물웃음 접붙이는

돌아와 하나씩의 지붕 아래 혼자의 밥상을 차려 놓고

식물을 사랑하는 자매들이라 불리기를 소망하는

채송화처럼 봉숭아처럼 서로 다른 분홍을 나눠 가졌을 뿐인

운우지정雲雨之情

뒤껼에서
서로의 똥구멍을 핥아 주는 개를 보면
개는 개지 싶다가도
이 세상에 아름다운 사랑이란 저리 더러운 것이 아닐까 하는 생각에 머물러서는
마음도 미끄러진다

평생 바람처럼 활달하셔서
평지풍파로 일가一家를 이루셨지만
그 바람이 몸에 들어서는 온종일 마룻바닥만 쳐다보시는 아버지
병수발에 지친 어머니의 야윈 발목 만지작거리는 손등을 희미한 새벽빛이 새겨 두곤 할 때
미운 정 고운 정을 지나면 알게 된다는
더러운 정이라는 것이 내게도 바람처럼 스며들곤 했다

그런 날 창밖에는 어김없이 비가 내려
춘향이와 이 도령이 나누었다는 밤이 기웃거려지기

도 하지만

그 사랑 자리 지나고 나면

아픈 마나님 발목 속으로

불구의 사랑 녹아드는 빗소리에 갇히기도 하는데

미웁고 더럽고 서러운 사람의 정情이란 게 있어

한바탕 된비 쏟아내고는 아무 일 없는 듯 몰려가는

구름의 한생을

이제금 나는 가만히 머금어 보곤 한다

고인 대기실에서

어디에도 빈자리가 없었다
가을이 넘쳐나고 있었다

재떨이만
채워졌다
이내
비워졌다

영생관리사무소 직원이
담배를 피다 말고 서둘러 수골실收骨室로 사라졌다

남은 담뱃재를
가을이 오래 바라보고 있었다

사방으로 난 문은 굳게 닫혀 있고
햇빛만 들락거렸다

누군가
불러내고 있었다

개꿈

시를 쓰다 보면 딱 한 줄이 간절할 때가 있다
생선조림에 넣으면 비린내 잡는다는 청주 한 스푼이나 생강 약간처럼
절정의 맛은 별것도 아닌 양념이 선사하는 우연 같은 것이어서
새벽까지 간절하게 기다리다 깜빡 잠이 들면
꿈속으로 한 줄이 찾아오기도 한다
어떻게든 그걸 놓치지 않으려고 곤한 잠 열고 나와
노트 귀퉁이에 새 발자국 닮은 글씨로 새겨 두곤 하는데

제삿날 선반 위에 얹어 두던 젯밥처럼
고이고이 모셔 둔 한 줄
아침이면 탕국에 말아 깨끗하게 비우던 꿈처럼
다시 보면 결국 지우고 말 그 한 줄
이번 생生같이 왔다 가는

딱 한 줄

헛제삿밥을 먹으며

죽은 이가 진설하는 밥상을 받아 듭니다

칠흑을 덧대는 서쪽 하늘에선
봄바람이 노을에 목물 끼얹는 소리 소란하고요
내 귓불은 자꾸 붉어지는데
저무는 강물 소리에 음을 맞추며
담장 밖으로 꽃잎들 몰려갑니다

복사꽃 꽃술 닮은 어머니는 꽃잎 소복이 담아 저녁상을 차려 두고
어두워지는 강물에 줄배를 띄워 어린 나를 불러들이네요
강바닥에 발이 묶여 신열 앓는 물풀, 그 신음에 내 목젖은 떨렸고요
당신은 이승의 봄앓이는 아예 모르는 양
놋수저가 내는 기척으로 다녀가시네요
보일 듯 보이지 않습니다

나는 신위神位처럼 반듯하게 앉음새를 고치고는
저승까지 흘러갈 먼 물소리에 찬밥 한술 말아 서둘러 삼켜 봅니다
당신은 저무는 강에서 건져 올린 기억을 오물거리며
내 수저 위에 은하를 건너온 살별 하나 얹어 주시네요
생전의 봄밤이 남강의 물결로 뒤척입니다

저 강물을 다 마시고도 채워지지 않을 봄날의 허기를 어쩌지 못해
나는 배냇짓하듯 어스름 한술 삼켜 봅니다만
당신은 비워낸 밥그릇에 다시 연분홍 꽃잎을 고봉밥으로 담아냅니다

진주 남강 밤물결은 조촐한 제상입니다

꽃빛의 내력

꽃빛이 서로 다른 이유가
사랑을 나눈 대상이 달랐기 때문이라고 생각하는 것은
사랑을 아직 몰랐던 탓
춘분 지나
꽃봉오리 아린 패랭이꽃 화분을 사 온 뒤
꽃빛의 비밀을 비로소 짐작하게 되었다

한쪽으로만 드나들어 심하게 기울어진 문지방에 앉아
누군가를 향해 간절해져 본 사람이라면
꽃빛의 내력을 모른다고 할 수는 없지 않겠는가
암술과 수술이 만나는 순간까지
햇빛 달빛이 벙어리 냉가슴 속을 들락거린 사연을
한마디로 사초史草에 기록할 수는 없는 일
식물의 가계도를 연구하려면 꽃들의 그리움, 그 연애의 풍문에 민감해야 한다는
어느 식물학자의 말을 떠올려 보면
내 귀가 꽃빛에 달구어지는 이유도 짐작할 만한데

어느 밤인가
별빛 다 스러진 새벽까지 꽃을 들여다보느라
풍문으로 쓴 야사野史마저 설핏 잠든 사이

패랭이는 꽃 속으로 나를 옮겨 심고 있었던 걸까
꽃은 그렇게 나를 들여다보느라
밤새 다른 꽃빛으로 깨어나고 있었다

동창회 명부 만들기

이 기차에는 검표원이 없다
역마다 누군가는 내리고 오르지만
늘 만석인 객실에는
지구만큼 부풀었다 툭하고 꺼져 버리는 비눗방울들이
제 몫의 침묵을 챙겨 사라질 뿐

앞서간 이들이 묻어 둔 궤도를 달리며
종착지를 모르는 슬픔 공평하게 나누느라

칙칙폭폭
측측푹푹

학기 초면 어김없이 열리는 학부모회처럼
이번 달 반상회 회보에 실린 도정 시책처럼
어떤 설렘도 없이
똑같은 풍경을 바라보며 창이 되어 가는 사람들

배당된 풍경을 나누어 마시며

기차는 기다리는 이 없는 플랫폼을 향해 달려가고

어느 역에서는
장지갑만 한 스피커를 멘 기억해설사가
위대하게 꺼져 간 비눗방울 몇몇을 살려내느라 목울대를 달구기도 하는데

찢기고 금 간 기적을 울리며
브레이크 없는 완행열차처럼
하지만
모든 역에 정차하는 다정함으로
비눗방울처럼 툭툭 터져 자취를 감추는 것들이여

기관사도 승무원도 없는데
도대체 어느 객실에 추억의 관棺들은 실려 있는 걸까

골안사骨安寺

위태롭게 매달린 현판을 보고서야 이곳이 절집임을 알았다

마당이 등산로 입구인 법당

장지갑만 한 카세트라디오가 천수경을 웅얼거렸다

앞니가 두어 개 빠져 있었다

초막 같은 공양간 함지박에는 물때 오른 고무호스가 고개를 처박은 채

속물살 달래느라 등골이 싸늘했다

몸 한쪽이 마비된 노인이 시나브로 걸어와 목을 축이면

물발이 살짝 난폭해지다 이내 순해졌다

젖은 앞섶에 주름 많은 손 얹고 봄우레 엿듣는 사이

뼈를 쪼듯

홀딱벗고새가 울어댔다

박두성 생각

건성으로 넘기는 『근대 장애인사』 두툼한 부록에 앉아
그는 오후 세 시의 햇볕 쬐며 졸고 있다

고종 연간에 한성사범학교 속성과를 마치고 제생원 맹아부 선생이 되었다는
단출한 약력에는
소리의 심지에 불을 옮겨 놓느라 손끝마다 맺힌 물집이 점자로 번졌다

우리 아파트 엘리베이터 점자 버튼은
언제나 내 망막을 지그시 눌러
먼 외계에 나를 내려놓곤 하는데

결국 아무것도 보지 못한 채
나는 세상을 들락거리고

한국문학 수업 시간에
호엉과 스기나의 책에는 본문보다 주석이 더 많고

늘 눈앞이 깜깜하다 하는데

눈동자에 돋아나는 물집을
물집 속에 차오르는 눈물을 나는 어떻게도 읽어내지 못했다

훈맹정음訓盲正音, 그 어둠의 고랑에 불을 옮겨 심느라
촉각을 다 태워 버렸는지
생애의 행간은 도무지 종잡을 수 없지만

별이 빛나기 위해 어둠이 필요한 것은 아니다
별을 기억하기 위해 부록이 필요한 것은 아니다

자매를 위한 시

서로에게 양말 한 짝은 기꺼이 빌려주자
산타 할아버지는 어쨌든 선물을 주실 거라 믿는 밤을 함께 건너왔으니

싸게 산 치마의 검정은 흰 셔츠에게 아낌없이 나누자
가끔은 얼룩 양이 태어나지만
우리는 서로의 얼룩을 입고서 다른 양을 기르기 위해 태어났으니

하지만 누구 거라 말할 수 없는 것들에 대해서는 공정하게 잊어 주자
비듬 내려앉은 자리에 새치를 덮어 둔 채
함께 덮었던 소파 담요는 먼지를 불러들여 시간의 낡은 발목을 덮어 주잖니?

먼지는 별들의 옹알이라 믿으며
우주까지 날아가는 저녁의 수다를 끌어당겨
서로의 시린 발을 데워 주자

줄어든 면티를 입을 때면
누군가 다녀가셨음을 알고 가만히 침묵을 분담하자
우리는 정갈한 향을 세워 두고 죽음을 단정하게 나눠 입는 사이잖니?

그러니 둘이 하나 되는 이야기는 없는 셈 치자
가끔 구멍 난 이야기를 꿰매다 보면 덧셈의 유혹에 빠지기도 하겠지만
끝내 둘이 둘로 남는 단정한 심장을 가졌으니

한 짝씩 나눠 신은 아침이 짝짝이 구두를 타고 돌아오는 밤이 오더라도
기린처럼 목을 늘여 첫눈을 기다리자
트리에 걸어 둔 양말 속에 어린 양을 키운 비밀의 겨울을 가졌으니

안목안경점

커다란 거울 속으로 들어가
내 눈의 정중앙에 달린 구멍을 갈아 끼운다

몸에서 동공이 가장 검은 것은
내가 어두워져야 세상의 빛을 볼 수 있다는 소박한
징표겠지만

눈은 눈을 보지 못한다는 절집의 화두도
저 구멍에 관한 이야기

사랑도 가슴에 구멍을 파는 일이라
발을 들여놓으면
어디든 블루홀이거나 블랙홀

구멍은 스스로 구멍을 파지 못하는데
누가 내 눈동자에 구멍을 파 놓고 갔을까

요사이 세상이 잘 보이지 않는 것은

구멍이 막혔기 때문이라지만

내가 안경점에 가는 진짜 이유는
어둠이 닳아 버렸기 때문이다

우동국물에 대하여

바닥이 보이도록 송두리째 마셔 버리고 싶었지만
못내 서너 모금은 남겨 두고 일어서는 우동국물이 누구에게나 있다

심하게 다툰 후 헤어진 지 십여 년
이제는 다툰 이유도 희미해져 버린 친구를 만난 심야의 버스 정류장
근처 야식집으로 옮겨 가 마주 앉으면
달라붙는 서먹함을 녹이는 것은 세월이 아니라 우동국물이다

두서없는 면발들 끊어져 작심하고 사리째 집어 보지만
끈기 잃은 어둠 젓가락을 빠져나가고
난감한 얼굴로 면발들 얼러 보는 밤

젓가락과 숟가락이 나란한 이유를 생각한다
젓가락이 둘이고 숟가락이 하나인 고집을 헤아린다

십 년의 삶이 한 가닥으로 말아지지 않는다고
한 젓가락에 집어 올릴 수 있는 세월은 없다고

솟아오르는 김은 겨울밤에 허공을 펼치고
아스라한 기억은 허공에 별을 달아
오래된 우동냄비처럼 우그러진 상처들 펴 보기도 하지만

바닥을 보이기엔 부담스러운 허기가 친구와 나 사이엔 있어
불은 면발들 휘저으며 우동그릇에 고개를 처박고
식은 국물에 떠다니는 고춧가루처럼 외로운 밤

술에 취하면 어김없이 야식집에 들러
몇 모금씩은 남기고 돌아서는 우동국물이 있다
식은 국물로라도 감추고 싶은 바닥이 있다

물의 극장에서

얼어붙은 연못가
저녁별 와서
서쪽 모서리 설핏 환하고
돌 틈으로 빠져나가는 물소리 듣는다

겨우 소한小寒인데
시퍼런 얼음막 뚫고 출연을 결심한 자들의 행방이여

누구의 삶에나 누수는 있다고
긴 암전 속
무대로 달려 나오는 발자국 소리

막이 오르면
강 저편에서 얼어붙은 심장 녹여 줄 전령이 오리라고
가시 많은 바람은 음향을 높이는데

리허설만 하다 막 내린
죽은 오라버니 무른 발소리에 귀가 시리고

남의 대사 잘도 훔치더니
서둘러 이번 생에서 퇴장해 버린
연극반 동기 녀석 날쌘 발소리에 눈이 아려 와

자취 잃은 물녘

찢어진 막을 기워 가며
저녁별은
올 풀린 독백을 읊조리고 있다

물든다는 것

끓어오르는 멸치 국물에 아욱을 넣는다

여린 잎사귀들 푸른 피 쏟아낸다

뻣뻣함이 흐느낌으로 건너가는 사이

저녁이 화로처럼 달아오른다

그대가 한사코 세상에 다정해진다

살 오른 아욱들 안간힘을 다해 줄기를 밀어 올린다

옻칠 벗겨진 국자가 신음을 쑤셔 넣는다

거부할 수 없는 힘이 검은 국자의 목덜미를 잡아채고

풋내가 비린내로 표정을 옮겨 심는다

저녁이 무쇠 뚜껑으로 그대를 덮는다

화로를 가슴에 안은 채

그대가 멍을 우려내어 저녁을 짓는다

어둠 속에서 무언가 자꾸 달아나려 한다

잔별 속에서 아욱이 자란다

해설

유리에 맺힌 슬픔

김나영(문학평론가)

새삼스럽게도 시를 읽는 이유를, 시라고 불리는 이 언어의 더미를 마주하는 일의 의미를 생각한다. 그러다 보면 자연스럽게도 시가 쓰인 이유를, 시라고 불리게 될 어떤 세계의 형상을 마주쳤을 이의 마음을 떠올려 보게 된다. 그러한 짐작 속에서 새롭게 탄생하는 인식과 감각이 있을 것이고, 전에 없던 말이 쓰일 것이고, 누군가가 그리워했을 미래의 시간이 도래할 것이고, 기다리던 세계가 와 있을 것이다. 이선이의 시집을 읽고 또 읽으며 겪은 생각과 느낌을 정리하자면 이렇다. 한편으로는 너무도 추상적인 질문과 답변인 듯하지만, 사소해 보일 정도로 구체적인 장면의 포착에서 거대한 역사의 흔적을 발견하는 데, 그렇게 개인과 세계를 연결하고 중첩해서 더 이상 번역할 수 없는 한국어의 에센스를 담아내는 데 있는 이선이 시의 특장에 대해서라면 더 이상의 수사가 필요 없을 것 같다.

최근까지 얼마간 한국시에 대한 아쉬움의 표현을 모아 보면 아무개의 일기장 수준에 그친다는 것으로 요

약할 수 있을 듯하다. 다시 말해 시라는 이름으로 개인의 사소하고 내밀한 경험과 느낌이 어떤 중심축이나 무게감에 대한 요구도 없이 휘발되듯 쓰여 있다는 점을 못내 비판적으로 볼 수밖에 없다고 이해할 수 있겠다. 물론 아무개의 일상에 대한 기록이 사소하기 때문에 중요하지 않다고 폄하할 수는 없다. 아무개의 일상에 대한 기록이 누군가의 경험과 맞닿아 깊은 공감과 넓은 유대를 자아낼 수도 있다. 그럼에도 시가 시인의 일기를 벗어나 문학으로서, 사회 구성원의 공유재로서 기능하기 위해서는 개인의 사유와 감각이 한 사회와 어느 시대를 통찰하는 지점까지를 그리고 말할 수 있어야 하지 않을까. 이런 맥락에서 이선이의 이번 시집은 거듭 읽힐 필요가 있다.

1.

이 시집의 전반부에 실린 다수의 시는 흥미롭게도 '나'의 시야에 사로잡힌 것들에 대한 세밀한 관찰과 동시에 '나'를 능가하는 관점의 존재와 그것으로 포착되는 것들에 관해서도 과감하게 진술한다. 이런 경우에 한 편의 시에는 두 개의 시점이 작동하는데, 하나는 인간의 차원에 국한된 '나'의 것이고 다른 하나는 인간을 초월

한—창조신에 가까운—누군가의 것이다. 전자에 의해 개인의 일상적인 장면들이 치밀하게 묘사되고 후자에 의해 그 장면은 인류의 과제로 확장된다. 밀가루로 수제비 반죽을 만들어 한 끼의 식사를 마련하고 남은 그것은 "생활의 여분"이 되고 '허기'와 닮은, 먹고사는 문제와 매끈하게 구분되지 않는 인간 보편의 문제로까지 연결된다. 가령 "가정용 다목적 박력분"을 일용할 양식이 아니라 유쾌하게("곰돌이 푸") 버무려질 "슬픔"으로 보는 시선으로 말이다.

반쯤 먹다 남겨 둔 곰표 밀가루
봉지 열고 들어가
반죽을 개는 이 있으신지?

(중략)

생활의 여분은 기억 저편에 모셔 두고
짐짓 모른 체하느라
가정용 다목적 박력분 슬픔을 버무려
곰돌이 푸를 만들고 계시는지?

—「생활의 발견」 부분

생활이라는 말은 인간의 일거수일투족을 두루 일컫는 것으로 쓰이지만 이 시에서 그것과 나란히 쓰인 "발견"은 그 행위의 주체가 불명확하다. 다시 말해 이 시에서처럼 인간의 것이라 할 만한 생활은 인간에 의해 발견되지 않는 것처럼 보인다. 먹고 남겨 둔 밀가루 봉지 속으로 들어가 목적 없이(마늘도 쑥도 없이) 무언가를 빚고 있는 자는 곧 견디는 일 그 자체를 형상화하는 존재이자 인간이라는 한계를 벗어나(려)는 힘인 것 같다. 인간적 관점('나')에서 보아 이것이 끊임없이 만들고 있을 것으로 추정되는 대상에는 "곰돌이 푸" "거대한 빙산" "세상의 구조"처럼 친근하고 명확한 것에서부터 거대하고도 그 경계가 분명하지 않은 것까지, 어쩌면 인간이 인식하고 감각할 수 있는 모든 것을 포함한다.

그러므로 여기서 발견된 것은 '생활의 여분'으로써 수제비 반죽을 빚는 일과 세계의 허기와 그로 인한 붕괴를 염려하고 대비하는 일이 다르지 않다는 사실일 것이다. 이 시는 후자의 일이 인간적 관점을 벗어나고자 하는 시도로써 가능하다는 것을 일러 주면서, 생활과 같은 평범한 말의 의미를 새롭게 발견하게 한다. 이 발견이 곧 일상의 차원을 나의 생활이나 삶 너머, 이전과 이후, 보이지 않는 곳까지 확장시키는 것이다. 현대인이라면 누군가가 먹고사는 일을 대비하는 게 기후 위기와 경제 혼란이 빚어내는 세계의 위태로움과도 긴밀하게 연관하는 것임을 모르지 않지만, 이중의 눈을 가진 시는 녹아내리는 중인 빙하 위에서 간신히 살아남아 있는 북극곰과 곰표 밀가루 봉지에 인쇄된 흰곰과 천진난만한 곰돌이 푸를 엮으며 아는 것에서 거듭 발견하는 일의 중요함을 포착한다.

아는 것과 발견하는 것은 어떻게 다른가. 물론 앎의 정도에 따라 다르게 정의할 수 있겠지만, 모든 앎에 개인의 직접적인 경험이 작용하는 것은 아니다. 일반적으로 전문가의 강의를 듣거나 책을 읽거나 여타 매체를 통해서 자료를 보고 접하며 얻게 되는 앎이 있다. 이 앎은 경험한 자의 사후 기록과 이야기를 통해서 전수되므로 유사 경험에 가깝다. 발견 역시도 넓게 보아 앎의 범주에 속하는 행위이자 속성을 갖지만 둘 사이에는 내용보다도 형식에 차이가 있다. 설사 누군가에 의해 발견된 내용이 보편적인 앎의 차원에 등재되지 못하더라도 '발견하다'는 행위에 깃든 의미까지 폐기되지는 않는다. 즉 보편적 앎의 차원에서 볼 때 공식적으로 인정받지 못한 내용은 실패를 의미하겠지만, 거기에 도달하기까지 개별적인 앎의 차원에는 무수하고 사소한 발견의 의미 있는 누적이 발생하는 것이다. 즉, 중요한 것은 일반적인 앎과 비교해 볼 때 발견하는 일에는 시간의 누적이 있다는 점이다.

밀가루 봉지 위의 곰을 바라보는 눈과 장마철의 해소하기 어려운 눅눅한 생활을 근심하는 눈이 세계를 구조화하는 관점으로까지 확대되는 점에서 이 시집의 서시인 「저녁의 감촉」과 상통하는 면이 있다. 「저녁의 감촉」은 한 노인이 괜히 호주머니를 뒤적이는 모습을 바람이 숲을 뒤적이는 현상과 겹쳐 본다. 찾을 것도 없이 꺼내 보일 것도 없이, 어떤 소유와 그로부터 발생하는 만족과는 무관하게 습관처럼 주머니 속을 뒤적이는 일은 노인을 어떤 투명한 존재로 만든다. 노인이 반복하는 무용한 행위는 주머니의 비어 있음을 강조하면서 이때 호주머니는 무엇을 담기 위한 용도로 기능하는 게 아니라, 개인과 세계를 하나의 공동空洞으로 의미화한다. 이 새로운 의미가 일러 주는 것은 아무것(앎)도 없는 것처럼 보이는 자리에도 누적된 시간이 있고, 그것을 바라보는 눈이 발견하는 새로운 세계의 한 가능성이 있다는 점이다. 비어 있지만 그 때문에 모든 것을 담을 수 있는 자리를 발견하기 위해 이선이의 시에는 자주 아이와 노인이 등장하는 것인지도 모르겠다.

시인이 일러 주는 이 발견의 경험은 누군가의 시간을

나의 시간 위에 포개어 보는 일이기도 할 것이다. 또한 예술의 일이 그렇지 않은가. 보편적인 역사로서 승인된 시간 바깥에 무수히 산발하는 개별적 시간을 아끼고 그러모아 보는 일, 누군가의 그러한 작업을 다른 누군가가 자기 역사에 비추어 새롭게 보는 일. 그리하여 예술에는 완전히 지나간 시간이란 없고 거듭 여기 지금으로 수렴하고 새롭게 발산하는 시간만 있다.

그러한 있음을 포착하는 일로서 이선이의 시는 시간이 누적된 몸이 내는 소리에 집중한다. "내 몸에서 유독 귀만이 문 닫을 줄 모르는" 곳이라 말하며 그때 귀가 하는 일은 일상적인 소리를 듣는 일에서 나아가 일상적으로는 들을 수 없는 소리까지도 듣고자 하는 시도에 있다고도 말한다("들리지 않는 비명을 모으는 소리 채집가", 「부스러기를 위한 노래」). 해변의 돌을 보면서 매끈하고 둥글게 깎인 그것의 형태보다도 실시간으로 그 몸을 만드는 소리를 연륜이 깃든 울음이라고 말하기도("울음에도 연륜이 있는 걸까", 「몽돌해변」) 하고 마른 낙엽이 밟히는 소리와 감자칩이 씹히는 소리를 통해서 잎과 감자의 역사(잎맥과 감자의 싹)를 기억하기도 한다.

"누군가 소리를 쟁여 두었다 한들 듣지 못한다면 무슨 소용이란 말인가" 하는 의미심장한 질문으로 시작되는 시인 「감자의 맛」에서 가을의 공원에서 뛰어노는 천진난만한 아이들이 낙엽을 밟는 소리를 들으며 과자 봉지 속 감자칩을 꺼내 먹는 소리가 겹쳐지는데 그 소리는 "아이들은 마른 낙엽 찾아다니며 잎맥을 끊어 놓"는다든가 "싹을 지키려 독을 품는 감자의 시간을 만지"는 등의 해석과 결부되면서 찰나에 불과한 감각("바사삭바사삭")은 역시나 어떤 역사적 발견으로 연결된다. 이후 "바삭바삭"으로 변주되는 그것은 "심야배송 나갔다가 쓰러진 채" "어머니에게 제 주검을 배송한" 이의 시간으로 이어지는 것이다. 이렇게 공원의 소리들은 미처 꽃을 피우지 못한 채("세상에서 가장 작은 정원을 만들고 싶었던 사람") 사그라든 한 목숨에 대한 날카로운 애도가 된다. 이는 한 사회를 살았던 누군가의 죽음에 대한 공공의 책임에 대한 아픈 각성("사방으로 퍼지는 소리의 비수들 공원의 심장을 찌르는데")이기도 하다.

2.

여기 지금으로 예민하게 여울치는 시간은 환희에 가까운 발견처럼 보이지만 그것은 공백으로밖에 남겨 두지 못하는 자리이기도 하다. 이 시집에 수록된 시에서라면 그 빈자리는 알고 싶고, 나누고 싶지만 차마 닿지 못하는 마음의 표현이며 그 마음의 발생 전에 또 다른 마음의 파쇄가 있었던 것 같다. 어떤 마음이 받은 충격과 고통과 그로 인한 상처의 궤적을 뒤따라 짐작해 보는 것은 일의 원인과 결과를 논리적으로 파악하는 사정과 같을 수 없다. 이 짐작의 일은 짐작하려는 이의 마음까지도 조금씩 축나게 할 것이기 때문이다. 그럼에도 그 존재의 곁에 자신의 자리를 마련하고 죽음에 가까운 고통과 그로 인한 상처에 가닿기 위해 움직이는 이의 모습은 어떤가.

사회 구조의 문제로 인해 발생했을 개인의 죽음은 시에서 참사라는 말로 갈음이 된다. 비할 바 없겠지만 참사를 겪은 이의 고통을 거듭 되새기는 마음의 발현이 한국어로 쓰인다면 아마도 이런 풍경을 그리게 될 것임을 이선이의 시들은 세밀하게 보여 준다. 그것은 차마 건네지 못하는 말들이 놓인 자리다. 말을 통해서만 겨우 말해지는, 건네지 못하는 말이 그리는 말의 풍경이다. 여기 그 말의 풍경을 너무나도 아름답게 그린 시 한 편이 있어 줄이지 못하고 그대로 옮겨 본다.

마당가

엊그제 입주한 감나무

허공만 바라고 서서
가난한 집 아기 젖 빠는 소리를 내며 꽃망울 밀어 올린다

달빛은 전입계 직원처럼 무심히 도장 찍고 가고

아이 알림장처럼 매일 열어 보는 창문 위로
가지들 뻗어 줄까, 내 창은
저 꽃잎들 무슨 사연으로 받아 들까
궁금해하면

잎잎이 내려서서는
전입신고서 쓰고 가는
별빛들

참사慘事에 아이 잃고 이민 간 친구에게 죽은 아이가 여기 감꽃으로 피었다고
꽃 피니 이별도 견딜 만하다고 차마 쓰지 못하고

일찍 떨어진 열매가 남기고 간
햇빛이며 달빛 받아

시퍼런 멍들 온몸으로 열매 되어 가리라고
썼다 지우는

애기 감꽃 속
흰 무덤 하나

—「전입신고서」 전문

이 시의 시선은 다른 곳도 아닌 "마당가"에 닿아 있고, 그 가장자리에는 이제 막 그곳에 자리 잡은 듯한 감나무가 어리고 여린 꽃을 피워내고 있다(어쩌면 이제 막 허공으로 꽃망울을 밀어냄으로써 감나무는 그곳에 감나무로서 자리하게 된 것인지도 모른다). 아마도 집 안에서 창문을 통해 내다본 풍경이 그럴 것이다. 밝고 안온한 안에서 어둡고 빈약한 밖을 상대하는 시선이 있다. 하지만 이 '나'와 감나무가 처한 자리의 대조는 감나무가 우주를 밀어내며 피우는 꽃과 그것을 '나'의 자리(달과 별이 존재하는 우주)를 공유하는 일, 혹은 꽃망울이 '전입'하기 전에는 '나'의 것이었다가 그것이 존재한 후에는 우리의 것이 되는 전체를 감각하고 인식하는 일이 된다. 그렇게 감나무에서 꽃망울이 솟아나면서 마당과 집이라는 안팎의 구분과 경계는 무화된다. 그뿐만 아니라 감나무와 '나'와 "이민 간 친구"를 "죽은 아이"와 분리하는 이 세계의 논리까지도 지워진다.

엊그제 등장한 꽃망울은 그 존재감이 대단하지만 그 전입은 우주의 어느 빈자리를 증명하는 것이기도 하다. 이 시는 아이를 잃고 이민 간 친구의 고통을 기억하는 '나'를 통해서 생과 사의 공존을 발견한다. '나'는 그러한 친구의 고통스럽고 불가해한 시간에 응답하는 말을 찾지 못하지만("쓰지 못하고" "썼다 지우는") 그 말의 한계가 나로 하여금 도리어 목격하게 하는 장면이 있다. 감나무가 밀어낸 꽃망울은 별과 달의 승인을 받아 전입을 신고하는 것처럼 보이지만, 승인 이전에 엄연히 이 세계에 존재한다. 스스로 그러하다는 의미를 지닌 자연의 현상 앞에서 '나'는 어떤 죽음과 삶이, 사회적인 승인의 방식과는 무관하게 있거나 없을 수 있음을 발견하게 된 것인지도 모른다. 여전히 아이의 "알림장"을 열어 보는 엄마의 시간 속에서 아이는 여전히 살아 있다. 아이가 생전에 다녔을 기관에서 매일 아이의 소식을 알려 주었을 알림장을 아이가 죽은 후에도 열어 보는 마음은 어떤 것일까. 아이의 죽음은 너무나 개인적인 상실인 동시에 사회적인 응답을 요청하게 되는(참사의 원인을 명확하게 규명하기를 요구하고 그에 합당한 대응을 받고 나서야 겨우 작성하고 제출할 수 있을 신고서처럼) 일련의 과정을 의미한다.

개인 사진첩에 저장된 사진과 영상이 아니라 공적 지면을 통해 아이를 기억하는 일은 더욱 더 의미심장하다. 그 죽음의 원인이 사회적인 데 있었다 하더라도 그로 인한 고통의 발현은 개인적인 삶의 범주에 국한될 수 있지만, 이 시는 그 자리마저도 사회적인 지점으로 명시한다.

이로써 어떤 죽음은 아이를 잃은 엄마의 고통과 의미를 잃은 알림장의 무용함에서 우주적인 생명의 기척을 목격하는 '나'의 시선으로 절묘하게 이어지고 겹쳐진다. 이 포개짐의 자리는 작은 감꽃 속 더 작은 빈 공간("흰 무덤 하나")과도 같은 공감의 가능성으로 열린다.

3.

이 시집에서 비어 있는 공간으로 어떤 상실의 기억을 간직하는 동시에 새로운 생명이 밀고 들어올 가능성의 자리로 놓여 있는 것은 무엇보다도 '나'인 것 같다. 이 시집에서 '나'는 유리창처럼 인간이 주도하는 일상과 신이 주재하는 삶을 매개하면서 그 안팎의 경계를 고발하는 역할을 감당한다. 그것은 인간으로 하여금 신을 보게 하고, 신으로 하여금 인간을 보살피게 하는 일과는 다르다. 그저 '나'로서는 어쩌지 못하는 어느 경계를 예민하게 직시하고 견디는 일로써 자기를 확인하고 그를 통해서 타자를 지키는 시도가 된다.

이러한 '나'의 존재 방식은 "차갑거나 뜨거운" 표면(「세이렌」)이 되는 일이다. 차갑거나 뜨거운 커피를 담고 있는 잔처럼, "다른 두 세계를 머금고 있"는 '나'는 이쪽과 저쪽의 미세한 차이를 온몸으로 증명하는 존재이기도 하다. 유리는 이쪽과 저쪽의 것들을 통과시키고 확인하게 하면서 그 과정에서 발생하는 여러 종류의 낙차를 감내한다. 뿌옇게 성에가 끼거나 물방울이 맺히거나 때로는 버티지 못하고 깨지기도 하지만 오래 견디는 힘으로 유리는 얼핏 단일해 보이는 세계의 구분과 차이와 결락을 일러 주는 역할을 하는 것이다.

이 세계의 도저한 차이로 인한 차별을 예민하게 감지하는 '나'는 한가하게 커피를 마시는 중에도 문득 생사의 경계를 넘나들었던 난민의 기척을 느낀다("자세히 보면/죽음의 국경 뚫고 나온 피란민의 눈동자 닮은//차가운 증언이 불타고 있다",「아이스아메리카노」). 뜨거운 커피에 녹아들면서 동시에 커피를 차갑게 만드는 얼음을 닮은 눈동자는 세계의 실상을 증언하는 시선이기도 하다. 이처럼 예민하게 작동하는 시선을 지닌 '나'는 테이블 위에 묵묵히 놓인 머그잔에서도 모종의 초조와 상실을 경험한다("아무 일도 일어나지 않고/아무도 일하지 않는 시간이 세계를 업어 간다", 「머그잔에도 얼굴이 있다」). 앞서 보았듯 '나'는 그저 관찰하고 아는 자가 아니라 하나의 장면에서 누적된 시간을 경험함으로써 모종의 타격과도 같은 발견에 이르는 자이기 때문이다. 또한 '나'의 시선에 들어오는 것은 그것의 나타남과 동시에 보이지 않는 다른 것을 암시한다. "매단 이는 보이지 않고/한사코 매달리는 결기만 반짝이는 세상"(「고드름」)이라든가, "나를 깨워서 가는 이의 뒷모습/보이지는 않고 뒤척이게만 하는"(「우주의 형편」) 그것은 보고 아는 일에 '나'의 생을 걸어 두려는 주체적인 시간을 통과해서만 겨우 발견하게 되는 것이다.

그렇게 '나'는 이 세계의 어느 실상을 발견의 차원에서 깊고 넓게 기억하고 기록하는 역할을 감당하며 시의 목소리가 된다. 이 지점에서 이선이 시의 화자들이 종종 '다시 태어나면'이라고 내생來生을 언급하는 이유를 조금은 짐작해 보게 된다. 현생에서는 '나'의 자리가 없다는 자각, 다시 말해 현재적인 시간 속에서는 '나'를 지우고 스스로 빈 공간이 됨으로써 이 세계의 어느 가장자리를 밀고 들어올 전에 없던 무엇을 맞이하는 감각이 이선이 시의 '나'들을 확고하게 하는 듯하다. 따라서 어떤 시들에서는 꽤나 분명하게 '나'라는 공백에 대해 진술한다.

> 내일을 살아내느라 나는 여기에 없고
> 누군가의 처진 어깨를 다독이느라 나는 여기에 없고
> 잃어버린 감정을 줍느라 나는 여기에 없고
>
> —「여기의 슬픔」 부분

내일을 살아내고 누군가를 위로하고 잃어버린 감정을 회복하는 일을 일상적인 차원에서 이해해 볼 수도 있을 것이다. 끊임없이 현재를 희생하는 방식으로 여기 지금보다 '더 나은' 세계를 꿈꾸는 현대인들의 삶에서 가장 찾아보기 힘든 존재가 '나'일지도 모른다. 이선이의 시 또한 이처럼 명백한 공백을 자처하면서 쓰이는 시간이라고 할 수 있다. 하지만 앞서 말했듯 이선이 시의 '나'의 자리는 단순히 보고 알게 되는 부재가 아니다. '나'의 부재에 대한 확인("나는 여기에 없고")이 반복되고 누적되면서 '나'라는 공백 내지 미지의 자리는 어떤 원인으로 인해 발생하는 결과가 아니라 오히려 이 세계의 원인 자체가 된다. 자처한 '나'의 공백으로 오늘과 자신의 감정은 차치하고 타자를 위로하는 시선과 시간만이 있을 뿐이다. 그 자신이 중요하고 분명한 존재가 되고자, 그 사실을 확인하고자 자신을 지우고 오늘을 견디는 현대인의 역설은 이선이 시의 '나'에게서 전혀 다른 이유로 같은 시간을 감내하는 힘이 되는 것이다.

한동안 돌봄이라는 이슈와 더불어 타자에 대한 관심이 사회 전반에 지대했다. 하지만 돌봄이 필요한 존재뿐만 아니라 돌봄 노동에 종사하는 존재들에 대한 손쉬운 대상화는 돌봄이 자기 자신에게도 행해져야 하는 필수적인 삶의 태도라는 논의와 자연스럽게 이어지지 않는다. 이선이의 시를 포함한 많은 좋은 문학은 '나'를 지우는 방식으로 자신을 포함한 세계를 돌보는 방법을 제시한다. 이것은 무조건적으로 타자를 우선시하는 박애적인 태도에 대한 요청이 아니다. '나'를 이 세계의 공백으로 둔다는 것은 일종의 자기객관화를 통해 '나'의 자리에 어떤 새로운 필요를 들일 수 있는가를 살피는 일이기도 하다. 그때 '나'의 자리는 삭제되는 것이 아니라 애기감꽃 속의 흰 봉분 같은 자리처럼 밀고 들어온 그것 안에서 더 환하고 귀하게 매김될 것이다.

물의 극장에서

2024년 10월 16일 1판 1쇄 펴냄
2024년 10월 18일 1판 2쇄 펴냄

지은이 이선이
펴낸이 김성규
편집 김안녕 조혜주 한도연
디자인 신혜연
펴낸곳 걷는사람
주소 경기도 용인시 기흥구 동백중앙로 358-6, 7층 (본사)
서울시 마포구 월드컵로16길 51 서교자이빌 304호 (지사)
전화 031 281 2602 / 02 323 2602
팩스 02 323 2603
등록 2016년 11월 18일 제25100-2016-000083호

ISBN 979-11-93412-55-8 04810
ISBN 979-11-89128-01-2 (세트)

* 이 시집은 아르코문학창작기금을 받아 출간되었습니다.